Baladi

ROBINSON SUISSE

d'après le livre d'Isabelle de Montolieu

Atrabile

À M. Alex Baladi, dessinateur à Genève et Berlin et un peu partout au gré de ses incessants déplacements.

Monsieur,

C'est à votre éclatant génie que l'on doit la délicieuse et très chatoyante mise en images du *Robinson suisse*.

Je connaissais les illustrations que Jean-Claude Forest, l'auteur de *Barbarella*, avait en 1979 tirées du roman (*Le Robinson suisse*, Dargaud), ainsi que les relectures par Blutch dans de courtes histoires de 2005 et 2011 (intégrale *Mitchum*, Cornélius ; *Pour en finir avec le cinéma*, Dargaud).

Votre adaptation ne ressemble à rien de connu.

Non.

D'abord parce que vous n'êtes pas parti du texte de Wyss, mais de la suite qu'en a donnée sa traductrice, la Lausannoise Isabelle de Montolieu (1751-1832), dont votre introduction ci-après sait si fidèlement fixer l'aristocratique beauté de son visage.

Vous qui la semblez bien connaître, peut-être nous direz-vous si, lors du fameux été 1816, elle a rencontré Mary Shelley sur les bords du Léman ? On se souvient que cette dernière vous inspirait en 2001 et chez le même éditeur l'étonnant *Frankenstein, encore et toujours*. D'où il est aisé de conclure qu'une secrète attirance pour les femmes de lettres de plus de 200 ans détermine les cheminements de votre cœur aussi bien que ceux de vos crayons.

Traduit par Isabelle de Montolieu, *Le Robinson suisse* de Wyss est paru en 1814, quatre ans avant *Frankenstein ou le Prométhée moderne*. Deux mythes du XIXe siècle dont la genèse est helvétique. Deux mythes qui parlent de Dieu. Mais tandis que le Prométhée moderne incarne la contestation et le défi au Créateur, le Robinson suisse démontre au contraire et fort heureusement l'asservissement le plus total à sa toute-puissance, à sa volonté et à ses impénétrables desseins. Le roman a été écrit par un pasteur bernois, son héros est un pasteur bernois. On loue le Seigneur, on remercie la Providence, on déborde d'amour pour les siens et on ne craint rien autant que les sauvages, potentiellement cannibales comme chacun sait.

Au sujet de son *Île mystérieuse* qu'il voulait inscrire dans la continuité des deux *Robinson* (Defoe et Wyss) qui l'avaient vivement impressionné, Jules Verne synthétisait, dans une lettre à son éditeur : « Le sujet du Robinson a été traité deux fois, Defoe qui a pris l'homme seul, Wyss qui a pris la famille. » L'auteur des *Voyages extraordinaires* opterait quant à lui pour l'échantillonnage humain. Et vous, Monsieur Baladi, que prenez-vous alors ? Comment ne pas établir un lien aujourd'hui entre une littérature du naufrage et l'effondrement général ? Comment ne pas vous soupçonner, oui, de prendre le Monde ?

Ce livre marque la conversion à la couleur chez un maître du noir et blanc. Usant avec bonheur de papiers découpés, peinture acrylique, crayons, feutres, gouache et stylo bille, vous faites surgir l'île dans des couleurs les plus vives, souvent primaires et antinaturalistes. Vous m'avez dit vous être souvenu des monochromes dans *Rahan* ou *Lucky Luke* (où des personnages sont parfois entièrement rouges ou bleus), d'affiches polonaises, de couvertures de disques, de publicités, du dessin animé *Yellow Submarine* des Beatles, des quatrièmes de couverture de *Charlie mensuel*.

Isabelle de Montolieu vous a, je crois, demandé de renforcer la dimension théâtrale de son texte et de tendre vers une forme d'abstraction en réduisant ses interminables descriptions à un jeu de symboles. Elle a eu raison.

La mignonne Fifi Brindacier (de Fifi, Riri et Loulou), le prodigieux Kong et l'affreux Yakari, le mystérieux étudiant en médecine Victor sont de la partie. Mais aussi la *Grotte du golfe de Salerno, clair de lune* (1774) de Joseph Wright of Derby ; une nuit d'orage gravée par Félix Vallotton pour une partition de *La Walkyrie* (1894) ; la carte *Le Monde* du Tarot. Mais aussi ce *Robinson* (1940) de Christian Müller à l'aquarelle et papier découpé que vous avez découvert dans la récente monographie de Sabina Oehninger, petite-nièce de Müller et amie très chère à votre cœur. Elle est cette Madame O. qui, l'imprimant depuis Google Books et la reliant, vous a amoureusement confectionné votre édition personnelle du *Robinson suisse* que, dans votre méchante sacoche vert de gris, vous trimballez partout.

Partout, parce que votre atelier est le monde. Armé de vos feuilles de couleur, ciseaux, tube de colle, Tipp-Ex, feutre Edding 1800 Profipen 0,1 et indéfectible vaillance, vous travaillez indifféremment dans un train, à une table de bistrot, sur le pré… J'ai longuement recherché votre île du Robinson suisse, Monsieur Baladi, et j'ai fini par la trouver : cet espace vierge perdu en mer n'est autre que celui de la page blanche où votre art, toujours et partout, se réinvente.

J'aurais voulu vous soumettre cette préface afin que vos impressions critiques et sensibles précèdent celle mécanique du livre ; mais harcelé par le temps et par votre éditeur, je m'en vois malheureusement empêché. Je prie pour qu'elle trouve grâce à vos yeux.

Daignez, Monsieur, recevoir avec bonté ce témoignage de ma parfaite estime, et de la considération distinguée avec laquelle j'ai l'honneur d'être,

Monsieur,

Votre très-humble et très obéissant serviteur.

Dominique Radrizzani, historien de l'art, directeur de BDFIL.

À Vevey, le 16 juin 2019.

Le Robinson suisse

JE ME SOUVIENS AVOIR DÉCOUVERT ÇA À LA TÉLÉVISION FRANÇAISE DANS LES ANNÉES SEPTANTE*.

*SOIXANTE-DIX.

UNE SÉRIE TÉLÉ AMÉRICAINE* OÙ ON VOYAIT UNE FAMILLE SUISSE VIVRE SUR UNE ÎLE DÉSERTE À LA SUITE D'UN NAUFRAGE...

Ils sont idiots ces Américains... il n'y a pas de mer en Suisse...

*PLUS PRÉCISÉMENT CANADIENNE.

En Suisse il n'y a que des marins d'eau douce... comme dans les insultes du capitaine Haddock...

DES ANNÉES PLUS TARD JE SUIS TOMBÉ PAR HASARD SUR LE LIVRE EN FRANÇAIS DANS UNE BIBLIOTHÈQUE À PARIS... ET JE L'AI UN PEU FEUILLETÉ.

...C'EST AINSI QUE J'AI FAIT CONNAISSANCE AVEC LA BARONNE DE MONTOLIEU, ÉCRIVAINE LAUSANNOISE QUI A TRADUIT LE LIVRE EN FRANÇAIS EN 1816, QUATRE ANS À PEINE APRÈS SA SORTIE EN ALLEMAND.

MAIS LA BARONNE, JUGEANT CERTAINS PASSAGES TROP MORALISATEURS, DÉCIDA PUREMENT ET SIMPLEMENT DE LES SUPPRIMER... ET ELLE ÉCRIVIT UNE SUITE...

EMBALLÉ PAR CETTE HISTOIRE DE SUITE, JE DÉCIDAI DE N'ADAPTER QU'ELLE, QUI COMMENCE AU CHAPITRE 37. COMMANDÉE SUR INTERNET, CETTE VIEILLE ÉDITION NE COMPORTE PAS L'AJOUT DE LA BARONNE...

HEUREUSEMENT MA COMPAGNE MADAME O. ME FIT UNE SURPRISE EN M'OFFRANT LES TROIS TOMES DE LA CONTINUATION. TROIS LIVRES CONFECTIONNÉS PAR SES SOINS À PARTIR DE SCANS TROUVÉS SUR INTERNET...*

* L'édition de 1824 publiée chez Arthus Bertrand, libraire, 23 rue Hautefeuille, Paris.

IL Y A EU UN GROS ORAGE...

LES QUATRE FILS SONT ALLÉS CONSTATER LES DÉGÂTS CAUSÉS PAR CELUI-CI...

LES PARENTS ATTENDENT LEUR RETOUR DANS LA MAISON SUR L'ARBRE...

CHAPITRE XL.

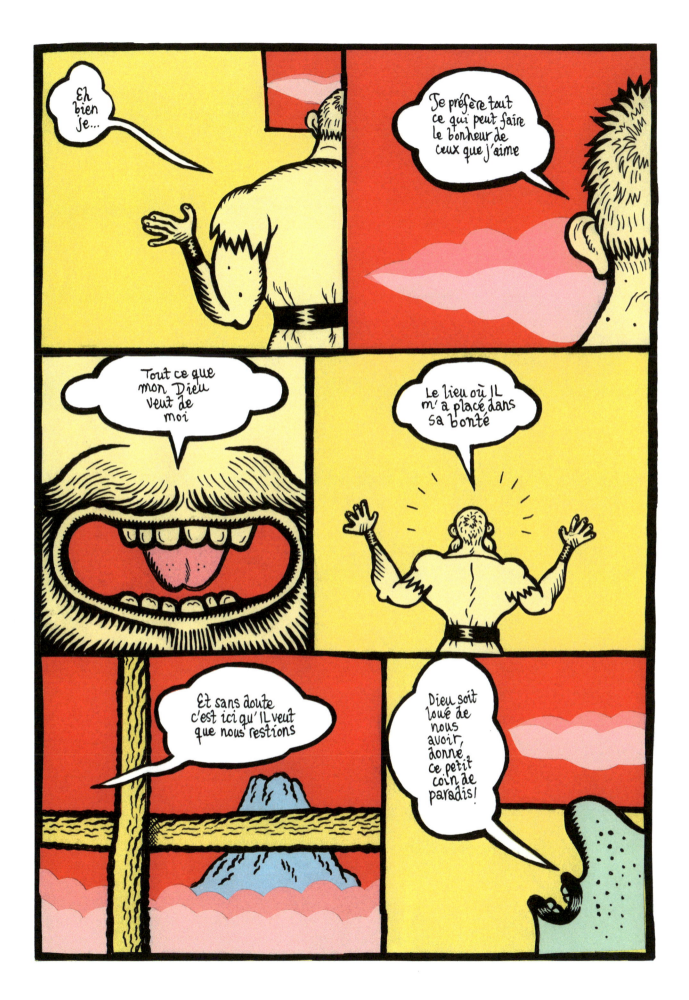

CHAPITRE XLI.

CHAPITRE XLII.

CHAPITRE XLIII.

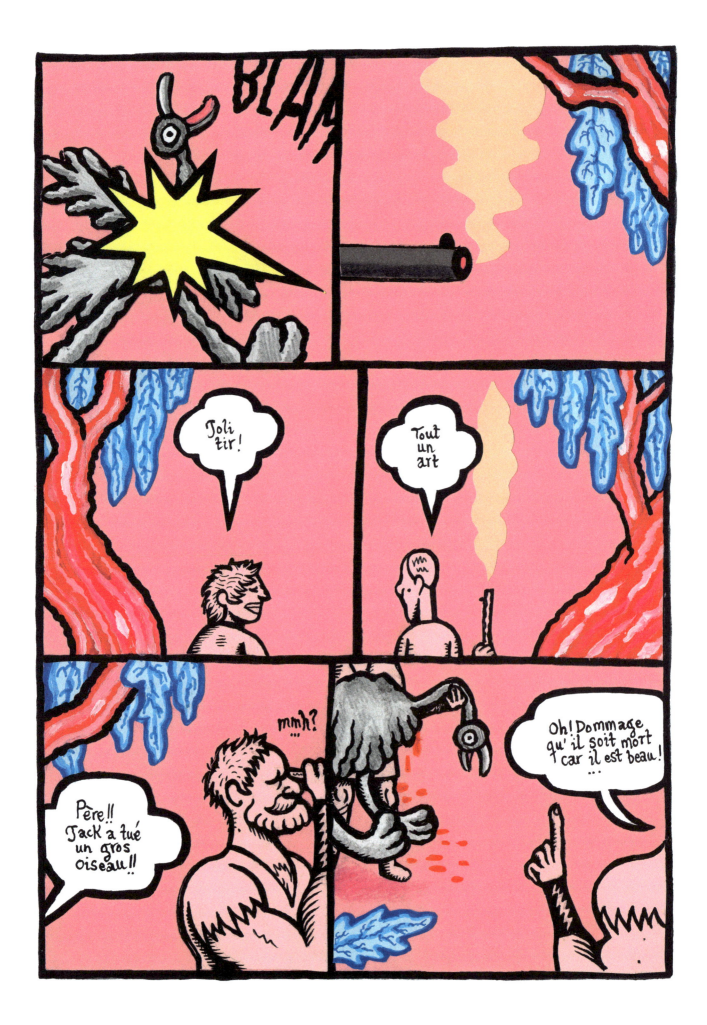

Ce qu'ils ont trouvé dans la caisse.

une cuillère	Une boîte vide	des biscuits	des livres
un fusil	des balles	un arc	des flèches
un compas	une loupe	des clous	un marteau
des robes	des bottes	des chapeaux	des chemises
des crayons	du papier	de la peinture	des pinceaux

CHAPITRE XLIV.

CHAPITRE XLV.

CHAPITRE XLVI.

CHAPITRE XLVII.

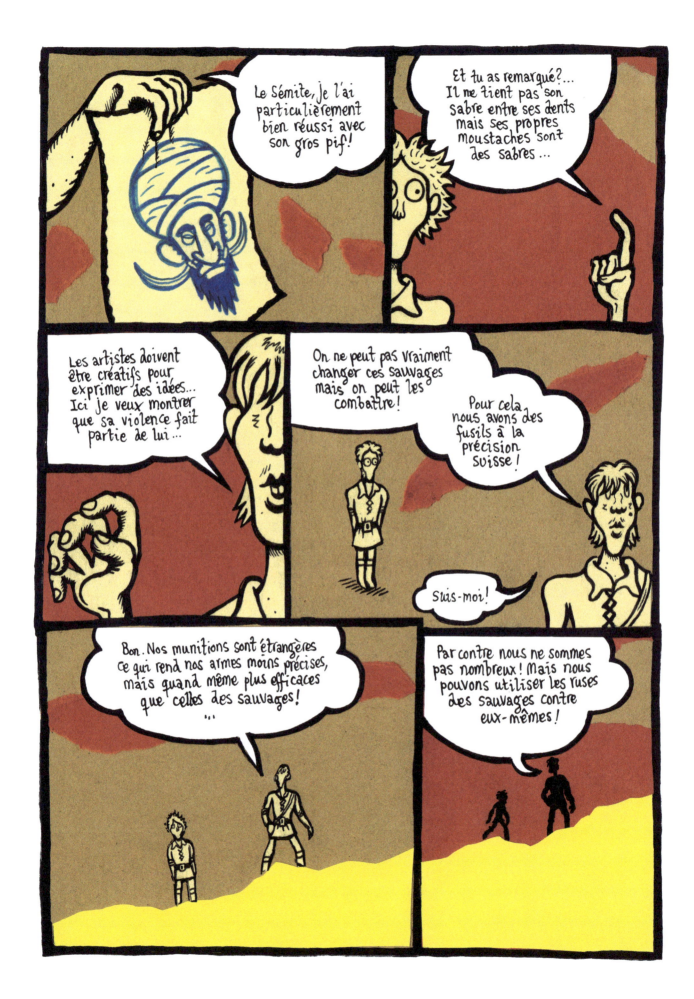

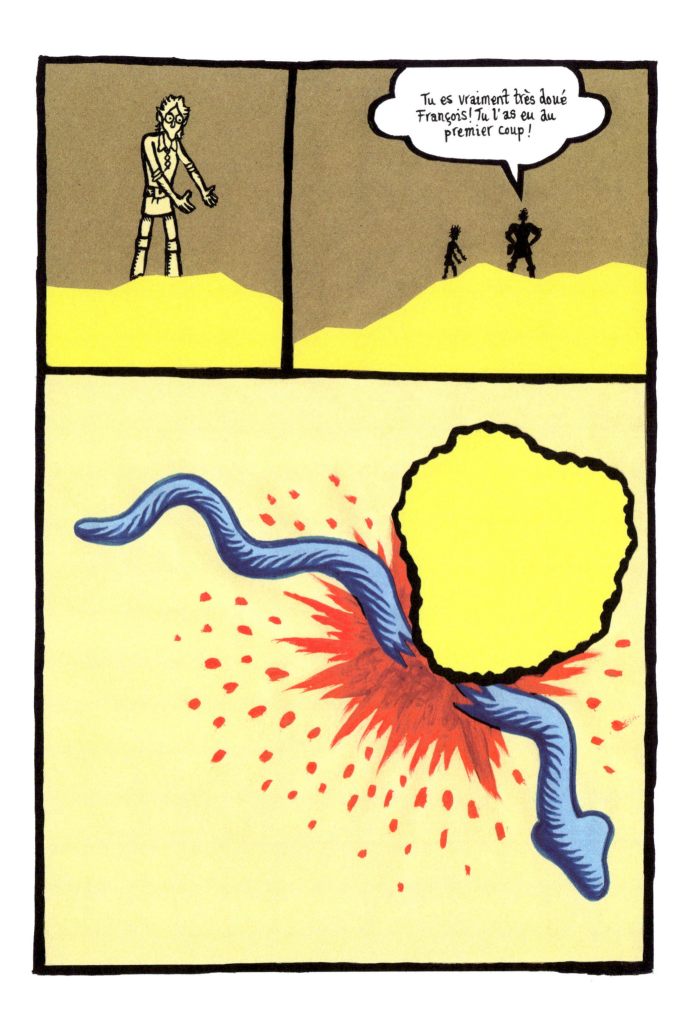

CHAPITRE XLVIII.

CHAPITRE XLIX.

Mardi	Mercredi
Jeudi	Vendredi
Samedi	Dimanche

CHAPITRE L.

CHAPITRE LI.

CHAPITRE LII.

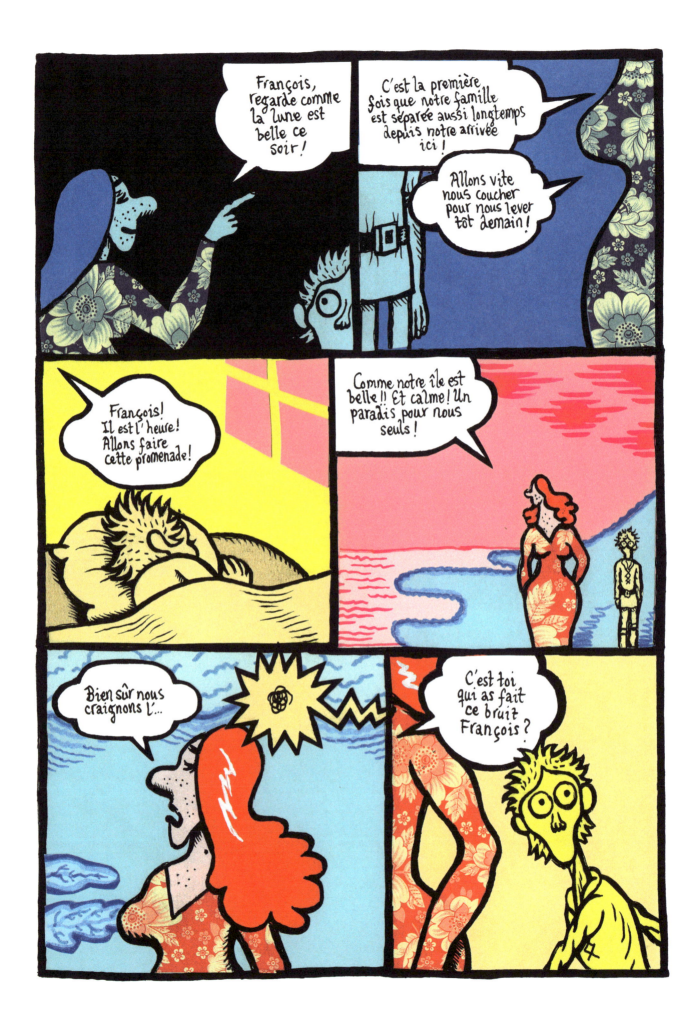

CHAPITRE LIII.

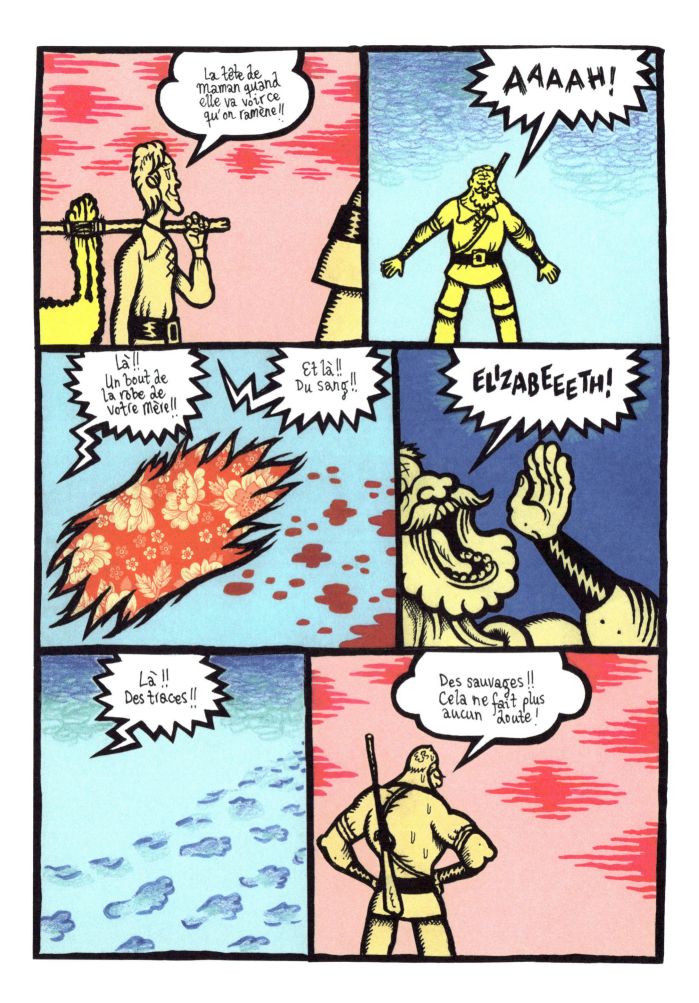

CHAPITRE LIV.

CHAPITRE LV.

CHAPITRE LVI.

CHAPITRE LVII.

CHAPITRE LVIII.

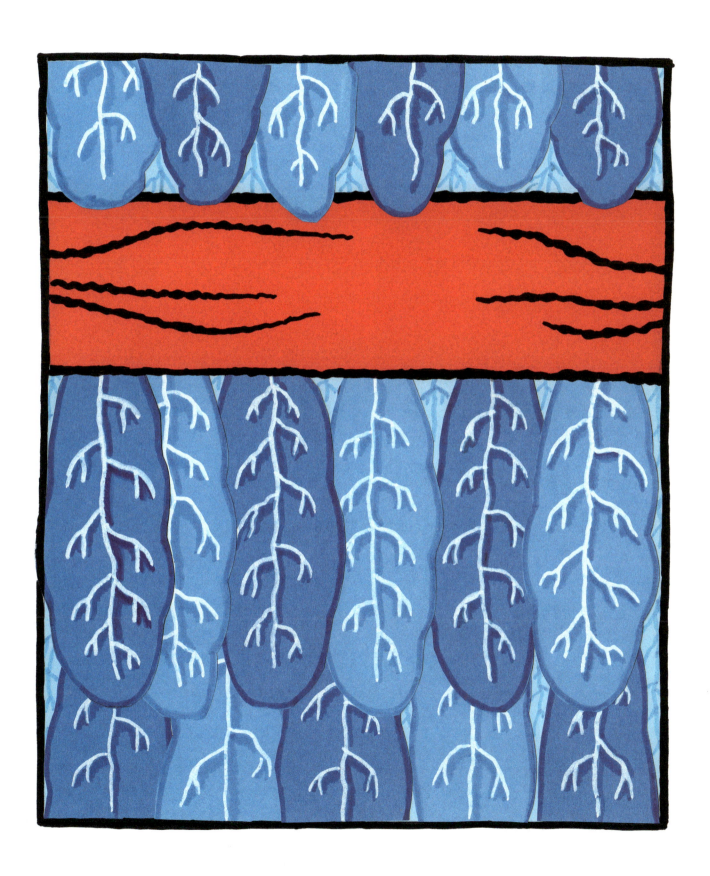

CHAPITRE LIX.

* Accent anglais de Hampstead, Londres, Angleterre.

CHAPITRE LX.

CHAPITRE LXI.

CHAPITRE LXII.

Epilogue.

Avant de clore ce livre, et afin de lui laisser le dernier mot, nous vous proposons ici la lettre de Madame Isabelle baronne de Montolieu, lettre qui fut écrite au fils de Johann David Wyss et utilisée comme préface à la première édition parisienne.

À M. J. Rodolphe Wyss, Professeur à Vienne.

Monsieur,

C'est à vous, et à feu monsieur votre respectable père, que l'on doit le charmant ouvrage intitulé : *Le Robinson Suisse*, ou *Journal d'un père de famille naufragé avec ses enfans*, qui parut en allemand, imprimé à Zurich, en 1813. Dès que j'en eus connaissance, j'éprouvai un vif désir d'en enrichir notre littérature française ; j'essayai de le traduire aussi fidèlement qu'il me fut possible, et je publiai ma traduction, en 1816, à Paris. Depuis lors, quatre éditions consécutives ont prouvé combien le public français a su apprécier cette production, qui fait le bonheur des enfans, et par conséquent de leurs parens. Mais il leur manquait une suite et une fin ; tous voulaient savoir si cette famille, qui les intéressait si vivement, restait dans cette île où tous les jeunes garçons désiraient d'aller. J'ai reçu, à ce sujet, une infinité de lettres, soit des enfans eux-mêmes, soit de mon libraire, pour me solliciter de donner cette suite, et de satisfaire leur curiosité. J'avais lieu de croire que cette fin tant désirée existait, soit dans votre porte-feuille, soit dans les papiers laissés par monsieur votre père. Je vous ai demandé souvent, avec insistance, de la faire paraître et de me l'envoyer à mesure pour la traduire. Vous me l'aviez fait espérer, mais vos occupations ne vous ayant pas laissé le temps nécessaire pour ce travail, ayant appris de vous qu'il n'était pas même commencé, et m'étant engagée avec mon libraire pour un temps fixé, j'ai dû vous demander la permission d'y travailler seule, d'après un plan dont j'avais conçu l'idée. Vous avez eu la bonté d'y consentir, et je me suis mise à l'ouvrage, regrettant beaucoup de ne plus écrire d'après vous, et convaincue que votre Robinson perdrait beaucoup à n'être pas continué par son estimable auteur. J'ai tâché du moins de ne point m'écarter des premiers volumes, et de donner à mes solitaires les mêmes caractères, modifiés cependant, et développés par les années qui se sont écoulées depuis la publication des premières parties ; c'était encore un motif de ne plus retarder la seconde. Je ne voulais pas laisser vieillir nos jeunes gens au-delà de vingt ans, pour l'aîné, et de quatorze, pour le cadet.

Cet ouvrage ayant été, dans l'origine, composé seulement pour les jeunes garçons, il entrait dans mon plan de le rendre, en même temps, instructif et agréable aux jeunes filles. C'est dans ce dessein que j'ai introduit l'épisode d'une femme et de ses deux filles naufragées avec elle, et restées sans aucun secours. En amenant cette mère infortunée et ses enfans dans l'île de nos Robinsons, j'ai voulu tranquilliser l'imagination du lecteur sur leur avenir, en évitant cependant tout ce qui pouvait éveiller les passions.

J'ignore, Monsieur, si ce plan se rapporte en quelque chose à celui de monsieur votre père, et je ne le crois pas. J'ai tiré parti des deux gravures que vous avez bien voulu m'envoyer, pour indiquer les situations qu'elles présentent, et il y aura du moins ce léger rapport entre ces deux ouvrages.

Je m'estimerai heureuse si cette suite obtient votre approbation, et si vous me pardonnez de la faire paraître sous vos auspices. J'aurais désiré vous communiquer mon manuscrit avant de le livrer à l'impression, et obtenir votre consentement pour la dédicace ; mais, pressée par le temps et par mon libraire, je me vois forcée de renoncer à cette satisfaction, et j'ose compter sur votre indulgence. Si je n'ai pu travailler de concert avec vous, ce sera du moins une consolation pour moi, de voir nos deux noms réunis en tête de cet ouvrage ; et je me croirai encore votre associée dans cette nouvelle entreprise.

Une partie dans laquelle je crains d'avoir mal réussi, est celle de l'histoire naturelle des pays où le lieu de la scène est placé. Je suis bien loin d'avoir dans cette science les connaissances étendues que possédait monsieur votre père.

J'ai cependant consulté, à cet égard, les meilleurs auteurs, et surtout les voyageurs modernes qui ont fréquenté ces parages lointains.

Daignez, Monsieur, recevoir avec bonté ce témoignage de ma parfaite estime, et de la considération distinguée avec laquelle j'ai l'honneur d'être,

Monsieur,

Votre très humble et très obéissante servante.

Isabelle, baronne de Montolieu.

À Bussigny, près de Lausanne, le 25 juillet 1824.

Collection Ichor

Les Episodes lunaires Martin Romero

La Saison des billes Gilbert Hernandez

Sept milliards de chasseurs-cueilleurs Thomas Gosselin

Julio Gilbert Hernandez

Une Tête bien vide Gilbert Hernandez

Wonderland Tom Tirabosco

Blackface Babylone Thomas Gosselin

Cinq mille kilomètres par seconde Manuele Fior

Fin Anders Nilsen

Azolla Karine Bernadou

La Nuit du Misothrope Gabrielle Piquet

Premiers pas Victor Lejeune

Je remercie la Ville de Genève pour la bourse d'aide à la création en bande dessiné octroyée pour réaliser ce livre.
Je remercie aussi Sabina pour les bouquins, Emma pour les conseils, Dimitri pour certains papiers, Aline, Daniel, Benoît et Julien pour tout leur travail ainsi que Dominique et Isabelle pour leurs textes.

Alex Baladi

Les éditions Atrabile bénéficient du soutien de la République et canton de Genève.

Projet réalisé avec le soutien de la Conférence intercantonale de l'instruction publique de la Suisse romande et du Tessin – CIIP.

© 2019 Atrabile
Le présent ouvrage a été achevé d'imprimer en août deux mille dix-neuf, sur les presses de l'imprimerie L.E.G.O., en Italie.
Dépôt légal à parution.
atrabile.org